U0153273

黃逸龍 編著

旅遊德語單字

附贈MP3

Deutschland

書泉出版社 印行

　　前往其他國家的時候，有時並不太簡單。因為當地的語言可能很陌生，而且文化跟習慣也不相同。所以不管是去旅行或出差，都有可能遭遇到一些麻煩。

　　本書當初的寫作目的，就是希望幫助讀者減少在旅途中不必要的困擾。因此，在書中不但提供很多德文生字跟短句，也談到許多德國文化跟生活習慣。作者是在德國出生、德國長大的台灣和德國的混血兒。除了小時候曾經來到台灣玩過之外，後來又在台灣住了十幾年，因而對於台灣跟德國的文化和習慣都很熟悉。而且因為長時間住在台灣，所以每當前往德國的時候，也幾乎是以觀光客的角色前往。有時候也有機會去德國出差，所以特別能感受到前往德國觀光或出差時，可能遭遇到的問題。

　　因此，在這本書中，作者特地為讀者列舉了旅行或出差可能用到的單字。並且還告訴讀者在德國可以吃什麼、怎

麼吃比較便宜、在德國要參觀哪些名勝景點,以及在某些場合哪些事是不能做的。

　　最後,希望不論你是為了學德文而前往德國,或是打算要去德國旅遊、去德國出差,都能透過本書而獲得幫助。

黃逸龍

Contents
目次

Contents
目次

Contents
目次

Contents
目次

大寫	小寫	相近的發音
A	a	ㄚ
B	b	ㄅㄟ
C	c	ㄘㄟ
D	d	ㄉㄟ
E	e	ㄜ
F	f	ㄝㄈ
G	g	ㄍㄟ
H	h	ㄏㄚ
I	i	ㄧ
J	j	ㄧㄛㄊ
K	k	ㄎㄚ
L	l	ㄝㄌ
M	m	ㄇ
N	n	ㄋ
O	o	ㄛ
P	p	ㄆㄟ
Q	q	ㄎㄨ

大寫	小寫	相近的發音
R	r	ㄜ回
S	s	ㄝㄙ
T	t	ㄊㄟ
U	u	ㄨ
V	v	ㄈㄠㄨ
W	w	ㄈㄟ
X	x	一ㄎㄙ
Y	y	ㄩㄆㄙㄧㄉㄨㄣ 可是在字裡面 的發音就是像 「i」或像英 文的「ye」或 「ya」
Z	z	ㄘㄝㄊ
Ä	ä	ㄝ
Ö	ö	
Ü	ü	ㄩ
-	ß	ㄝㄙ

大寫	小寫	音標	適用單字
A	a	[a]	das Auto
B	b	[be]	der Bär
C	c	[tse]	Cäsar
D	d	[de]	Deutschland
E	e	[e]	die Erde
F	f	[ɛf]	fragen
G	g	[ge]	gehen
H	h	[ha]	das Haus
I	i	[i]	der Igel
J	j	[jɔt]	just
K	k	[ka]	kommen
L	l	[ɛl]	legen
M	m	[ɛm]	machen
N	n	[ɛn]	nehmen
O	o	[o]	offen
P	p	[pe]	der Pfirsich
Q	q	[ku]	die Qualle
R	r	[ɛr]	das Rad

Aussprache

發音

大寫	小寫	音標	適用單字
S	s	[ɛs]	die Straße
T	t	[te]	das Tor
U	u	[u]	unartig
V	v	[faʊ]	der Vogel
W	w	[ve]	das Wasser
X	x	[iks]	das Xylo-phon
Y	y	['ʏpsilɔn]	die y-Achse
Z	z	[tsɛt]	der Zucker
Ä	ä	[ɛ]	ähneln
Ö	ö	[ø]	öde
Ü	ü	[y]	über
-	ß	scharfes [ɛs'zɛt]/[ɛszett]	die Straße

- **Personalpronomen** 代名詞

Personal-pronomen	代名詞	「sein」＝ 是、有、在
ich	我	ich bin
du	你	du bist
Sie	您，一般來說在德國用「Sie」。一般來說只要是人都用「Sie」，除非彼此之間很熟。	Sie sind
er/sie/es	他／她／它	er/sie/es ist
wir	我們	wir sind
ihr	你們	ihr seid
sie	他們	sie sind

例句

▶ Ich bin Taiwaner
我是台灣人。

Grundbegriffe
基本說法

▶ Ich bin in Deutschland
我在德國。

▶ Da ist ein Haus.
那邊有一間房子。

■ **Ausrufe** 喊聲

Wirklich	真的。
Tatsächlich?	是嗎？
Ich verstehe!	了解！
Richtig!	對！
Stimmt!	對！
Ach so!	原來如此！
Interessant	有趣。
Unglaublich!	不可能。
Keine Ahnung.	不知道。
Toll/Super/ Großartig/ Wunderbar	很棒！
Schade	可惜。
Los!	走吧！

Auf geht's!	走吧！
Vielen Dank für Ihre Hilfe.	謝謝您的幫忙。
Alles klar.	好的，沒有問題。
Kein Problem.	好的，沒有問題。
In Ordnung.	好的，沒有問題。

■ **Uhrzeit/Zeit** 時間 / 點鐘

　　德國人講時間常常用1-24的24時制。早上5點鐘：5 Uhr。下午5點鐘：17 Uhr、早上10點鐘：10 Uhr、晚上10點鐘：22 Uhr。不過也可以用1-12的12時制說法。可是最好要說清楚是早上（morgens）、下午（nachmittags）、晚上（abends）。早上5點鐘：5 Uhr morgens、下午5點鐘：5 Uhr nachmittags、早上10點鐘：10 Uhr morgens、晚上10點鐘：10 Uhr abends。

Uhr	鐘
Uhrzeit	時間 / 點鐘
2:00 = "2 Uhr"	2點鐘
2:10 = "2 Uhr10"	2點10分
2:10 = "10 nach 2"	2點10分
2:15 = "2 Uhr 15"	2點15分
2:15 = "Viertel nach 2"	2點15分，有的地方說：Viertel 3。
2:30 = "2 Uhr 30" 或 "Halb 3"	2點30分
2:45 = "2 Uhr 45" 或 "Viertel vor 3"	2點45分，有的地方說：Drei-Viertel 3。
Zeit	時間
jetzt	現在
sofort	馬上就
gleich	馬上就
spät	晚

später	比較晚
früh	早
früher	比較早
heute	今天
gestern	昨天
morgen	明天
der Morgen	早上
der Mittag	中午
der Nachmittag	下午
der Abend	晚上
gestern früh	昨天早上
gestern Mittag	昨天中午
gestern Abend	昨天晚上
heute früh	今天早上
heute Morgen	今天早上
heute Mittag	今天中午
heute Abend	今天晚上
morgen früh	明天早上
morgen Mittag	明天中午

Grundbegriffe

基本說法

morgen Abend	明天晚上
Bis später!	待會見！
Bis morgen!	明天見！

▪ Wochentage 星期

Montag	星期一
Dienstag	星期二
Mittwoch	星期三
Donnerstag	星期四
Freitag	星期五
Samstag / Sonnabend	星期六
Sonntag	星期日
die Woche	禮拜，星期，週
letzte Woche	上個禮拜
diese Woche	這個禮拜
nächste Woche	下個禮拜
in einer Woche	一個禮拜後
vor einer Woche	一個禮拜前

■ Monate/Jahr/Jahreszeit
月 / 年 / 季節

　　在台灣要說日期時，先說或寫月，然後說或寫日。在德國則是相反。例如3月6日在台灣寫成3/6，在德國則是6.3。

Januar	一月
Februar	二月
März	三月
April	四月
Mai	五月
Juni	六月
Juli	七月
August	八月
September	九月
Oktober	十月
November	十一月
Dezember	十二月
der Frühling	春天
der Sommer	夏天

Grundbegriffe

基本說法

der Herbst	秋天
der Winter	冬天
das Jahr	年，年度
letztes Jahr	去年
dieses Jahr	今年
nächstes Jahr	明年

Richtung 方向

links	左邊
rechts	右邊
nach links / nach rechts	往左邊／往右邊
geradeaus	筆直地
weit	遠
nah	近
zurück	回頭
Norden	北邊
Osten	東邊

Süden	南邊
Westen	西邊

■ Geld 錢

Geld	錢
Euro	歐元
Eurocent	歐分
5,50 = "5 Euro 50"	5歐元又50分錢
0,50 = "50 Cent"	50分錢
kosten	價格為
teuer	貴
billig	便宜
zu teuer	太貴了
sehr teuer	很貴
sehr billig	很便宜
bar	現金的
das Bargeld	現金

die Gebühr	收費
der Wechselkurs	匯率
Geld umtauschen	換錢
das Kleingeld	零錢
die Münze	硬幣
der Schein	鈔票
der Geldschein	鈔票
die Note	鈔票
die Banknote	鈔票
der Geldautomat	提款機

▪ Zahlen 數字

Zahlen	數字	序數
1	eins	erste
2	zwei	zweite
3	drei	dritte
4	vier	vierte

Zahlen	數字	序數
5	fünf	fünfte
6	sechs	sechste
7	sieben	siebte
8	acht	achte
9	neun	neunte
10	zehn	zehnte
11	elf	elfte
12	zwölf	zwölfte
13	dreizehn	dreizehnte
14	vierzehn	vierzehnte
15	fünfzehn	fünfzehnte
16	sechszehn	sechzehnte
17	siebzehn	siebzehnte
18	achtzehn	achtzehnte
19	neunzehn	neunzehnte
20	zwanzig	zwanzigste
21	einundzwanzig	einundzwanzigste

Grundbegriffe

基本說法

Zahlen	數字	序數
22	zweiundzwanzig	zweiundzwanzigste
23	dreiundzwanzig	dreiundzwanzigste
24	vierundzwanzig	vierundzwanzigste
25	fünfundzwanzig	fünfundzwanzigste
26	sechsundzwanzig	sechsundzwanzigste
27	siebenundzwanzig	siebenundzwanzigste
28	achtundzwanzig	achtundzwanzigste
29	neunundzwanzig	neunundzwanzigste
30	dreißig	dreißigste
40	vierzig	vierzigste
50	fünfzig	fünfzigste
60	sechzig	sechzigste

Grundbegriffe

基本說法

Zahlen	數字	序數
70	siebzig	siebzigste
80	achtzig	achtzigste
90	neunzig	neunzigste
100	einhundert	einhundertste
101	einhunderteins, einhunderunde-ins	einhunder-tunderste
110	einhundertzehn, einhundertundz-ehn	einhunder-tzehnte
200	zweihundert	zweihundertste
300	dreihundert	dreihundertste
400	vierhundert	vierhundertste
500	fünfhundert	fünfhundertste
600	sechshundert	sechshundertste
700	siebenhundert	siebenhundertste
800	achthundert	achthundertste
900	neunhundert	neunhundertste
1000	eintausend	eintausendste

Grundbegriffe
基本說法

Zahlen	數字	序數
1001	eintausendeins, tausendundeins	tausendunderste
1010	eintausendzehn, eintausendundzehn	eintausend-zehnte
1100	eintausendein-hundert	eintausendein-hundertste
2000	zweitausend	zweitausendste
3000	dreitausend	dreitausendste
4000	viertausend	viertausendste
5000	fünftausend	fünftausendste
6000	sechstausend	sechstausendste
7000	siebentausend	siebentausendste
8000	achttausend	achttausendste
9000	neuntausend	neuntausendste
10000	zehntausend	zehntausendste
100000	einhunderttaus-end	einhunderttau-sendste
1000000	eine Million	Millionste

■ Flugzeug, das 飛機

從台北或香港到德國法蘭克福的機場，大部分都是在第二航廈下飛機。可是法蘭克福機場的火車站卻是在第一航廈，（從第一航廈可以坐區間車（regionaler Zug跟long distance trains (ICE)），所以大部分的乘客還是要到第一航廈。這裡有shuttle bus，也像桃園機場一樣有「sky train」。建議搭乘「Sky Train」，因為速度比較快，也比較舒服，人也比較少。因為好像很多人不知道有「Sky Train」，所以大部分的人都坐shuttle bus，結果shuttle bus常常很擠。而且在下雨或下雪時，在室外上下shuttle bus，既不方便也不舒服。

Abflughalle, die	候機大廳
Aufenthalt, der	停留，逗留
Ausfahrt, die	出口
Anschlussflug, der	轉機
Einfahrt, die	入口
Becher, der	杯子

交通工具

Beruf, der	工作，行業，職業
beruflich	業務的，職業的
Berufsreise, die	出差
Bier, das	啤酒
Danke	謝謝
Decke, die	毛毯
Deutsch	德文
Entschuldigung, die	道歉，原諒
Essen, das	餐點，菜色
Euro, der	歐元
Fahrplan, der	時刻表
falsch	錯誤的
Fensterplatz, der	靠窗的座位
Flug, der	航程
Flughafen, der	機場
Flugsteig, der	登機門

früh	很早的
Frühstück, das	早餐
Gangplatz, der	靠近走道的坐位
Gepäck, das	行李
Gepäckablage, die	行李架
Gepäckausgabe, die	行李領取處
einfach	簡單的，容易的
Fähre, die	渡輪
Flasche, die	瓶子，瓶（量詞）
fertig	準備好的，完成的
frei	空位，未被佔用的坐位
Gepäckband, das	行李輸送帶
Gepäckfach, das	艙頂置物櫃
Gepäckstück, das	單件行李

Getränk, das	飲料
Hotel, das	飯店
Hühnchen, das	雞肉，小雞
Internet, das	網路
Kaffee, der	咖啡
Klasse, die	高級，經濟艙，學校班級
Koffer, der	行李箱
Kopfhörer, der	耳機
Kopfkissen, das	枕頭
Kofferanhänger, der	行李箱標籤
Kopfschmerzen, die	頭痛
Kreditkarte, die	信用卡
Magazin, das	雜誌
Luftkrankheit, die	暈機
Mantel, der	外套，大衣
Maschine, die	機器，飛機

Medikament, das	藥
Minute, die	分鐘
Mittagessen, das	午餐
Moment, der	一會兒
Morgen, der	早上
Name, der	名字
Nummer, die (Nr.)	號碼
Ort, der	地方，地點
planmäßig	有計劃的，預期的
Platz, der	位子
Preis, der	價格
Preisliste, die	價格表
privat	個人的，私人的，非出公差的
Problem, das	問題
pünktlich	準時的，準點的

Quittung, die	收據
Reisepass, der	護照
Reservierungsnummer, die	訂位代號
richtig	對的，正確的
Rucksack, der	背包
Schalter, der	服務窗口
schwer	困難的，重的
sicher	安全的
Sitz, der	座位，位子
Snack, der	點心
spät	晚的，遲的
Stunde, die	小時，鐘頭
Terminal, das	航廈
Übergepäck, das	超重行李
Uhr, die	時鐘，鐘點，小時
Uhrzeit, die	時間，點鐘

Umbuchung, die	換票
Urlaub, der	休假，假期
Urlaubsreise, die	假日旅遊
Verspätung, die	晚點，遲到
Versicherung, die	保險
Wasser, das	水
weit	遠的
wenig	少的
Whisky, der	威士忌
wann	什麼時候？（疑問詞）
was	是什麼？（疑問詞）
wie	如何？怎麼？（疑問詞）
wieviel	是多少？（疑問詞）
wo	在哪兒？（疑問詞）

Zeitung, die	報紙
Zoll, der	海關
Zwischenaufenth-alt, der	中途停留
abholen	接（機）
abschließen	上鎖，鎖住
aufbewahren	保管
bestätigen	確認
bestellen	點餐
einchecken	登機，報到
essen	吃
helfen	幫忙
nehmen	拿取
reservieren	預訂
umsteigen	轉車，轉機

■ **Zug, der** 火車

　　如果要在德國坐火車，大部分都是「Deutsche Bahn」的車。「Deutsche Bahn」可以說相當於臺灣的台鐵。可是除了「Deutsche Bahn」之外，現在還有別的公司提供火車服務。

　　一般來說，在德國坐火車比在台灣坐火車貴多了。可是也有很多辦法可以買比較便宜的車票。例如：

1. 可以買「German Rail Pass」——下方網址可以看資料跟訂票。
   http://www.bahn.com/i/view/over-seas/en/prices/germany/german-railpass.shtml? dbkanal_007 = L17_S02_D002_KIN0001_IS-germanrailpass_LZ001

   「German Rail Pass」也可以用來搭乘德國的「ICE」（類似台灣的高鐵），可是要注意：「German Rail Pass」只能用坐「Deutsche Bahn」的車。

2. 如果您不急的話，可以坐速度比較慢的火車。比較慢的火車有一些特別的（比較便宜）票。——下方網址裡可以看資料跟訂票。

http://www.bahn.com/i/view/over-
seas/en/index.shtml

3. 如果您比較早訂票，就有機會買到
比較便宜的票。比如：您3月已經知
道6月要去德國，而且您確定6/1早
上要從柏林到慕尼黑。那麼3月就可
以訂那天的票。這樣可以省下很多
錢，有時候甚至只有一半的價格。
您可以透過這個網站訂票：

http://www.bahn.com/i/view/over-
seas/en/index.shtml

記得訂票之後，要馬上用自己的電腦
列印所訂的票。您在德國坐火車的時
候，就可以用列印的票（只需要使用
付款的信用卡跟一個I.D.證明真的是
你。）如果您錯過火車，票還是可以
用來搭另外一班。您只需要再支付後
來的票價跟您所付價格的差額即可。

Abteil, das	車廂
Anschlusszug, der	轉搭火車
Bahnhof, der	火車站
Fahrkarte, die	車票

Fahrkartenautomat, der	售票機
Fahrplan, der	時刻表
Fahrt, die	行程，班車
Fenster, das	窗戶
Gleis, das	月台
groß	大的，高的
gut	好的
hoch	高的
klein	小的，矮的
lange	久的，長的
Licht, das	燈，光線
Netzplan, der	路線圖
neu	新的
Nichtraucher, der	不吸煙者
Raucher, der	吸煙者
pünktlich	準時的，準點的
Rückfahrkarte, die	回程票

交通工具

Rückfahrt, die	回程
Tag, der	天，日
Tageskarte, die	一日票
Zigarette, die	香煙，菸
gehen	行走，走路
kommen	來
kaufen	購買
umbuchen	換票

■ Auto, das 汽車

Adresse, die	地址
Ampel, die	紅綠燈
Autobahn, die	高速公路
Autoliste, die	汽車型錄
Automatik-Wagen, der	自排汽車
Autounfall, der	車禍
Benzin, das	汽油
Bremse, die	煞車

Brücke, die	橋
Bußgeld, das	罰金，罰款
Diesel, das	柴油
Einbahnstraße, die	單行道
Gangschaltung, die	手排汽車
Führerschein, der	駕照
Fernbedienung, die	遙控器
kaputt	壞掉的
Kreuzung, die	十字路口
langsam	慢的
Parkplatz, der	停車場，停車位
links	左邊
Miete, die	房租，租金
Museum, das	博物館
Panne, die	故障
Reihe, die	行列，排

Rastplatz, der	休息站
rechts	右邊
Reifenpanne, die	輪胎故障
Stange, die	棍子，桿子
Straße, die	路，街道
Straßenkarte, die	路線圖
Super, das	高級汽油
Tankstelle, die	加油站
Teil, das	零件
Teil, der	片段，部分
Tor, das	大門，城門
Unfall, der	意外，車禍
Versicherung, die	保險
Vollkaskoversich-erung, die	全險
Vorfahrt, die	優先行駛權
Wagen, der	車子

Werkstatt, die	修車廠
bremsen	煞車
fahren	開（車），騎（腳踏車）
mieten	租借
reparieren	修理

■ **Bus, der** 公車／巴士

　　德國公車站的時刻表跟台灣的不一樣。在台灣時刻表表示「每15-20分鐘有一班車」。德國的時刻表上表示正確的時間。例如「5號到達的時間：10:05、10:25、10:45」。一般來說，公車也會按照時刻表的時間到達，除非有特別的情況，例如忽然下雪或有車禍等等。

　　在德國計程車不是到處開來開去地找客人搭乘，所以乘客沒辦法在任何的地方叫計程車停下來搭乘。只有一些固定搭乘計程車的地方，例如：火車站、機場、大飯店…等等。要不然乘客就要特別去預訂計程車。

交通工具

Busfahrkarte, die	公車票
Bushaltestelle, die	公車站
Taxi, das	計程車
Taxistand, der	計程車站

■ Hotel, das 飯店

德國人不常使用信用卡，但比較大的百貨公司或飯店還是會接受信用卡消費。不過，很多餐廳和超市通常不接受信用卡消費。台灣的一樓在德國稱為「Erdgeschoss」（底層），而台灣的二樓在德國才被稱為一樓。

臺灣飯店的價格一般來說是按照房間算的。一個房間2000元台幣，不管幾個人要用。德國飯店的價格一般來說是按照人數算的。不過，通常兩個人的價格要比一個人的價格划算。比如說一個人一天要付70歐元，可是兩個人一天只要付130歐元。

德國飯店通常都會提供早餐。傳統的早餐包括兩、三種麵包或小麵包，跟兩、三種果醬、巧克力醬、起士、冷香腸，還有飲料，像是咖啡、紅茶、牛奶等等。

可是現在很多飯店也會提供熱的食物（比如荷包蛋、香腸…等）以及什錦麥片、果汁等等。

過夜/住宿

Abendessen, das	晚餐
Alkohol, der	酒精，酒
Augenblick, der	一會兒
Auschecken, das	結帳離開
Bad, das	洗手間，浴室
Badewanne, die	浴缸
bar	現金的
Bett, das	床
Bettdecke, die	棉被
Doppelzimmer, das	雙人房
Dusche, die	淋浴
Eingangstür, die	門口
Einzelzimmer, das	單人房
Erwachsene, der	大人，成年人（男性）
Erwachsene, die	大人，成年人（女性）

Fehrnseher, der	電視
Fernsehen, das	電視
Fernsehraum, der	電視間
Föhn, der	吹風機
Frühstücksraum, der	早餐間
Frühstückssaal, der	吃早餐的餐廳
Geschlecht, das	性別
Handy, das	手機
Handynummer, die	手機號碼
Haupttür, die	大門
Klimaanlage, die	冷氣
Kofferraum, der	行李箱
Kühlschrank, der	冰箱
Mobiltelefon, das	手機

Übernachten/Unterkunft

過夜/住宿

Raum, der	房間
Rechnung, die	帳單
Seife, die	肥皂
Shampoo, das	洗髮精
Spülmaschine, die	洗碗機
Strom, der	電，電力
Telefon, das	電話
Telefonnummer, die	電話號碼
Toilette, die	洗手間，廁所
Toilettenpapier, das	衛生紙
Tür, die	門
Unterschrift, die	簽名
warm	溫暖的
Wäsche, die	可洗滌的衣服
Waschmaschine, die	洗衣機
WC, das	廁所

Wertsachen	貴重物品
Wiedersehen, das	再見
aufräumen	整理
auschecken	結帳離開
benutzen	使用
bezahlen	付錢
einchecken	飯店報到
frühstücken	吃早餐
verkaufen	賣東西

■ **Jugendherberge, die** 青年旅館

　　一般來說，現在德國的青年旅館成年人都可以過夜，而且比一般的飯店便宜多了。價格是25歐元（一個人，一天，3餐）。

　　當然青年旅館一般來說比較單純，其中有的也很有趣、漂亮。比如說可能是住在城堡裡面。

　　可是，大部分的青年旅館會要求旅客必須是會員。你可以事先申請國際青年旅舍卡。

Übernachten/Unterkunft
過夜/住宿

下述是台灣的網站：http://www.
yh.org.tw/index.asp

然後你可以透過這個網站，找尋國
際青年旅館的資料：http://www.hihos-
tels.com/web/index.en.htm

Busservice, der	巴士服務
Heizung, die	暖氣
Internetanschluss, der	上網
Schlafsaal, der	寢室
Schließfach	置物櫃
Schlüssel, der	鑰匙
Zimmer, das	房間
Zimmerschlüssel, der	房間的鑰匙
Zimmertür, die	房間的門

■ Zelten 露營

在德國露營是很受歡迎的。到處都
有露營區,也很便宜。一個人一個晚上
差不多10歐元左右。大部分的露營區
都有洗澡間,常常也有廚房。露營時最
好只在露營區裡。因為在德國大部分地
方按照法律的規定,只能在露營區裡露
營。

有的地方倒是會有一些例外,但是
要徵求當地農夫的同意。有的農夫願意
讓人在他們的草地上露營。有時候針對
露營車、房車也有特別的規定。最保險
的做法,就是在露營區裡露營。

Campingplatz, der	露營區
Campingplatzver-waltung, die	露營區管理
Fleisch, das	肉,肉類
Gasbrenner, der	露營用瓦斯爐
Gaskocher	露營用瓦斯爐
Grill, der	烤肉架
Grillplatz, der	烤肉區

Übernachten/Unterkunft

過夜/住宿

kalt	冷的
Kohle, die	木炭
Minibar, die	小冰箱
Nacht, die	夜
Reise, die	旅遊
See, der	湖
Stock, der	棍子，桿子
Supermarkt, der	超市
Wohnmobil, das	露營車
Wohnwagen, der	渡假式房車
Zelt, das	帳篷
Zeltplatz, der	露營區
grillen	烤肉
schwimmen	游泳
spülen	洗滌（盤子、碗）
waschen	洗滌（衣服）

■ Restaurant, das 餐廳

　　在德國的餐廳用餐比較貴，一般來說，最便宜的餐廳是義大利餐廳。

　　根據用餐地區的不同，披薩的價錢從6歐元或7歐元起跳。但是德國餐廳比較貴，一個人大約要付20歐元左右，因此很多人覺得去德國旅行很貴，尤其是吃飯，很擔心花太多錢。不過，還是有很多吃飯省錢的方法。

　　德國飯店通常會提供豐富的早餐，所以早餐可以多吃一點。另外，超級市場可以買到麵包、飲料以及很多種泡麵（有義大利麵，也有臺灣泡麵），可以省下不少錢。

　　德國超市的價格在西歐算是便宜的，很多商品跟台灣超市的價格差不多。

　　德國有很多傳統小吃店賣德國香腸、薯條和烤雞，但現在這些商品也有很多從德國以外的歐洲國家或近東國家進口，如義大利、土耳其、希臘等國家，也有從亞洲進口的，只要5歐元就買得到。

　　基本上德國沒有類似臺灣的早餐店，但德國的麵包店常賣三明治（不是美式三明治，而是德國的小麵包）。

Essen/Verpflegung

飲食

Abend, der	晚上
Abfalleimer, der	垃圾桶
Adresse, die	地址
alkoholfrei	不含酒精的
Appetit, der	胃口
Bestellung, die	點菜
Bitte, die	要求
Fenster, das	窗戶
Flasche, die	酒瓶，瓶（量詞）
Gabel, die	叉子
Gang, der	走廊
gemütlich	舒服
geöffnet	營業中的
Gericht, das	菜
Geschirr, das	餐具
Glas, das	玻璃杯
fein	高貴的，精美的

Hauptspeise, die	主菜
Haus, das	房子
Heizung, die	暖氣
Kartoffelbrei, der	馬鈴薯泥
Kleiderordnung, die	穿衣法則，著裝標準
Krawatte, die	領帶
Kuchen, der	蛋糕
Menü, das	菜單，餐點
Messer, das	刀子
Nachtisch, der	甜點
nett	友好的，親切的
Nichtraucher, der	不吸煙者
Pfeffer, der	胡椒
Pfefferkorn, das	胡椒粒
Platz, der	位子
Problem, das	問題

飲食

Raucher, der	吸煙者
Rechnung, die	帳單
Recht, das	權利，法律
Rotwein, der	紅酒
ruhig	安靜的
Saft, der	果汁
Salat, der	沙拉
Salz, das	鹽巴
Serviette, die	餐巾
Speise, die	餐；菜
Speisekarte, die	菜單
Spezialität, die	特餐
Stück, das	塊，個（量詞），戲劇
Suppe, die	湯
Tagesessen, das	今日特餐
Tasse, die	杯子，杯（量詞）
Taxi, das	計程車

Tee, der	茶
teuer	貴的
Tisch, der	桌子
Vorspeise, die	開胃菜
Wasser, das	水
Wein, der	葡萄酒
Weinkarte, die	餐廳供應的酒單
Weißbrot, das	白麵包
Weißwein, der	白酒
Zucker, der	糖
finden	找到
machen	做，製作
servieren	端上

■ **Supermarkt, der** 超市

在德國有很多超級市場，有的像台灣的家樂福，有的像台灣的頂好。下面有些不錯的超市可供參考：

Essen/Verpflegung
飲食

Real、Aldi、Edeka、Rewe、Spar，在這些超市都可以買到各種食物。

Abteilung, die	部門
Angebot, das	促銷，特價商品，便宜貨
Bäckerei, die	麵包店
Biersorte, die	啤酒類
Brot, das	麵包
Brötchen, das	小圓麵包
Ecke, die	角落，街角
Eurocent, der	歐分（100 歐分 = 1 歐元）
Einkaufskorb, der	購物籃
Einkaufswagen, der	購物車
Eis, das	冰淇淋
frisch	新鮮的
Geld, das	錢
Getränkeabteilung	飲品部

Essen/Verpflegung

飲食

Gramm, das	公克（量詞）
grob	粗糙的
gültig	有效的
gut	好的
Gutschein, der	優惠券，購物禮券
haltbar	耐用的，耐久的
Instantnudeln, die	泡麵
Kartoffel, die	馬鈴薯
Käse, der	起士，起司
Kasse, die	收銀台
Kasten, der	盒子，箱子
korrekt	正確的
Kühlschrank, der	冰箱
Milch, die	牛奶
Nahrungsmittel, das	食物
Region, die	區域

Schachtel, die	盒子
Süßigkeiten, die	糖果
Tofu, das	豆腐
Tüte, die	袋子
Wechselgeld, das	零錢
Weizenbier, das	小麥啤酒
verpacken	打包

■ **Imbiss, der** 小吃店 / 快餐店 / 飲食攤

　　在德國有很多快餐店，也有很多傳統的餐廳，可以買到德國香腸、薯條、烤雞…等等。可是現在也有很多從國外來的──義大利、土耳其、希臘…等等，也有從亞洲來的，只要5歐元左右就買得到東西。

　　現在很受歡迎的是從土耳其來的Döner Kebab或Gyros。Döner Kebab可以譯為「沙威瑪」。Gyros是從希臘來的，可以譯為「希臘旋轉烤肉」。兩種都可以很簡單地包「甩餅卷」，也可以配飯或薯條。

Bratkartoffeln, die	煎馬鈴薯
Bratwurst, die	烤香腸，德式香腸
Bratwürstchen, das	烤小香腸，德式小香腸
Cola, die	可樂
Fleischerei, die	肉店
Fuß, der	腳
Getränk, das	飲料
Hamburger, der	漢堡
Kaffee, der	咖啡
Kännchen, das	小壺，小罐（量詞）
Ketchup, der	番茄醬
Kinderstuhl, der	兒童椅
Kinderteller, der	兒童餐
Kneipe, die	酒吧
Kohlensäure, die	碳酸，蘇打水

Leberwurst, die	肝腸（用肝醬製成的香腸）
Mayonnaise, die	美乃滋醬
Pommes Frites, Pommes, die	薯條
Reis, der	米，飯
Schnitzel, das	炸牛排
Senf, der	芥末
Wiener Schnitzel, das	維也納炸牛排
Wiener, das	維也納香腸
Wurst, die	香腸
Zeit, die	時間

Speisen in Deutschland

德國菜

▪ Bier 啤酒

啤酒在德國是非常重要，而且受歡迎的飲料。德國每年平均每人的啤酒消耗量約為107公升。在德國差不多有1300家啤酒廠（差不多一半在巴伐利亞），生產幾千個品牌。啤酒的價格跟可樂的價格差不多，比果汁還便宜。很多地區都有自己的啤酒廠及自己的品牌，而且對自己的品牌很感驕傲。所以到德國不同的地方可以喝到不同的啤酒。有的啤酒廠可以進去喝喝看他們的啤酒。也有一些是修道院出產的啤酒，有機會也可以喝喝看。

如果跟德國人說：「我不喝啤酒，因為我不喝酒」。對方可能會回說：「喔，啤酒並不是酒，而是麵包。」

 啤酒的種類

▸ Weißbier, Weizenbier (Alkoholgehalt: 5 bis 5.6 %) (überwiegend in Süddeutschland)

小麥啤酒：酒精濃度5-6%，為有機種種類，比如Hefeweizen（酵母小麥啤酒）、Kristallweizen（被過濾的酵母

德國菜

小麥啤酒，所以
比較清澈-Krista-
ll），原本傳統上
屬於南德國的啤酒

▸ Helles
(vor allem in
Bayern)

清啤：大部分在巴
伐利亞，酒精濃度
4.5-5%。

▸ Pils
(Alkoholgehalt
von 4.0 bis 5.2
%.)
(bundesweit
ausgeschenkt.)

比爾森啤酒：酒精
濃度4.0-5.2%。
在全德國都很受歡
迎。

▸ Kölsch
(Alkoholgehalt
4.8 %)
(wird in Köln
und Umgebung
ausgeschenkt.)

Kölsch：類似清
啤，可是只有在科
隆釀造的可以被稱
Kölsch。酒精濃度
4.8%。

▸ Altbier
(Alkoholgehalt
etwa 4.8 %)
(Westfalen be-
heimatet.)

阿爾特啤酒：酒精
濃度4.8%，是一種
「dark」黑啤酒。
傳統上在 杜塞爾多
夫或北萊茵－威斯
特法倫釀造的。

▶ Berliner Weiße
(Alkoholge-
halt: 2.8 % sehr
niedrig.)
(wird in und
um Berlin aus-
geschenkt)

是一種在柏林釀造的小麥啤酒。酒精濃度2.8%，算是濃度比較低的。平常加水果糖漿（覆盆子或香豬殃殃），變成紅色或綠色啤酒飲料叫「Weiße mit Schuss」。喝起來很清涼。

▶ Biermischget-
ränke

是啤酒加別的飲料而成的。比如Alster（啤酒加檸檬水）、Diesel（啤酒加可樂）、Alt-Schuss（阿爾特啤酒加黑麥汁）…等等。請注意：有的飲料在不同的地方有不一樣的名字。比如啤酒加檸檬水在北德國叫「Alster」，在南德國叫「Radler」。或同樣的名字在不同的地方有不一樣的意

思。Alster在北德國是啤酒加檸檬水，Alster在魯爾區是啤酒加柳橙水。這些飲料可以自己製作，可以請餐廳的服務生製作。有時也買得到已調配好的飲料。

■ Andere Getränke 其他的飲料

▸ Wein

葡萄酒：在德國很受歡迎，而且德國葡萄酒在全世界也很受歡迎。在德國有16個葡萄酒釀造區域。很久以前有的大學，曾以葡萄酒當作是教授薪水的一部分。
Weißwein是白葡萄酒
Rotwein是紅葡萄酒

甜度：
Trocken（最酸的）- Halbtrocken-Lieblich/Halbsüß-Süß（最甜的）
跟啤酒一樣，有很多地方可以參觀葡萄酒廠並喝喝看他們釀造的葡萄酒。
秋天的時候，有很多地方會舉辦所謂的Weinfest.

▸ Kaffee

咖啡：在德國咖啡也是常常喝的飲料。傳統上是早餐喝的，以及下午的時候。所謂的「下午茶」在德國叫「Kaffee und Kuchen」（咖啡跟烘蛋糕）。當然上班的時候，咖啡也是一種很受歡迎的飲料。

Speisen in Deutschland

德國菜

咖啡可以加鮮奶和糖：
mit Milch und Zucker-Ich möchte meinen Kaffee mit Milch und Zucker.
或什麼都不加：
Schwarz-ich möchte meinen Kaffee schwarz.
在餐廳或咖啡廳一般來說可以點：
eine Tasse Kaffe（一杯咖啡）或ein Kännchen Kaffee（一小壺咖啡）

▸ Tee

茶：過去在德國 Schwarzer Tee（紅茶）、Kräutertee（花茶）und Früchtetee（水果茶）比較普遍。可是現在也有烏龍茶、茉莉花茶…等等。甚至還有珍珠奶茶之類的。

其他的飲料就跟台灣很像，有汽水像Cola、Fanta等等。也有Milch（牛奶）和Wasser/Mineralwasser（水：分成有氣泡的水-mit Kohlensäure和沒有氣泡的水ohne Kohlenäeure）以及Fruchtsaft/Obstsaft（果汁：有很多種，而且如果是Fruchtsaft / Obstsaft，就表示水果的部分真的是100%）。

在德國麵包、蛋糕和餅乾等，有著很悠久的歷史。在麵包店能找得到很多種類的麵包、蛋糕…等等。

■ Brot 麵包

德國有差不多300多種麵包。跟啤酒一樣，很多地區都有自己的麵包。麵包在德國是非常重要的食物。傳統上德國人早餐跟晚餐都吃麵包配果醬、巧克力醬、蜂蜜、起士或香腸。去德國的話一定要試試看，因為在台灣比較少吃得到。臺灣的麵包大部分是美式麵包——比較軟。如果不喜歡或不習慣吃麵包也不用擔心，現在在德國也有很多其他的選擇。在跟德國朋友一起用餐時，心裡面要有準備，晚餐可能都是麵包。不過現在已經稍微有點改變。尤其是如果是比較正式的晚餐，應該會有熱的菜。可

Speisen in Deutschland
德國菜

是如果是比較不正式的晚餐，可能還是麵包。作者的父親50年前到德國念書時，他的德國教授請一些學生來他家吃晚餐。父親看到都是麵包覺得「這麼好吃的開胃菜，但最好不要吃太多。等到主菜上了再多吃一點」後來才發現沒有別的菜了，麵包就是主菜。父親的一個台灣的同學剛到德國的時候很擔心，心想「在這裡要怎麼生活？天氣冷，菜也冷。」可是後來他們在德國生活了很久。

▸ Weizen-(oder Weiß-) brot: mindestens 90 % Weizenanteil

白麵包：需要最少90%的小麥（Weizen）混合成的麵粉來製作。

▸ Roggenbrot: mindestens 90 % Roggenanteil

黑麥麵包：需要最少90%的黑麥（Roggen）混合成的麵粉來製作。

▸ Mischbrot, Weizenmischbrot: 50-89 % Weizenanteil, 50-89 % Roggenanteil

黑麥麵包：也稱 Graubrot. mischen-, Mischbrot的意思是用小麥麵粉和黑麥麵粉混合在一起製作的。

‣ Vollkornbrot:
mindestens 90
% Vollkorner-
zeugnisse

全麥麵包：需要
最少90%的全麥
（Vollkorn）做的
麵粉製作。（比如
小麥或黑麥，可是
跟上面的不一樣的
就是：這裡所指的
全麥是指所用的麥
沒有精製過。）

‣ Mehrkornbrot:
aus drei oder
entsprechend
mehr verschie-
denen Getre-
idearten

多穀麵包：用三種
以上的麥類混合成
的麵粉製作。

‣ Sauerteigbrot

酸麵包

‣ Baguette

棍子麵包：算是從
法國來的（也有人
說原本是從維也納
來的），可是在德
國也很普遍。

Speisen in Deutschland
德國菜

▸ Brötchen

> 圓麵包：是一種
> 圓形的小麵包。
> Brötchen 這個名字
> 一般來說是在北德
> 國用的。在別的地
> 方有很多不同的名
> 字，比如 Semmeln,
> Weckle（南德
> 國）、Schrippen
> （柏林）。

■ **Torten/Kuchen 蛋糕／烘蛋糕**

　　Torte、Kuchen中文都譯成蛋糕。
主要的差別是Kuchen是全部用烘烤
的。Torte是用幾片（兩、三片）烘烤
好的麵糰，然後加上奶油、水果…等
等。除了Torte跟Kuchen之外，德國還
有很多其他的餅乾、甜點。

Torte和Kuchen的種類

▸ Schwar-
zwälder
Kirschtorte

黑森林蛋糕：德國的黑森林蛋糕跟平常在台灣買得到的黑森林蛋糕並不相同。德國的黑森林蛋糕有很多櫻桃（酸的或甜的）。

▸ Donauwelle

多惱之浪蛋糕／多瑙河的水波：加櫻桃、甜奶油、可可粉。

▸ Erdbeertorte

草莓蛋糕：一般來說，是一片烤好的麵糰，上面加上新鮮的草莓。另外也有其他類似的「水果蛋糕」。

▸ Käsesahn-
etorte

起士蛋糕：除了麵糰之外，沒有添加其他烤或烘的餡料。

Speisen in Deutschland

德國菜

▸ Frankfurter Kranz

法蘭克福蛋糕圈：法蘭克福的特餐蛋糕。

▸ Kuchen

烤蛋糕

▸ Apfelkuchen

蘋果派：基本上在麵糰上放蘋果（片或塊）。也可以放葡萄乾、堅果、糖粉奶油細末（是用糖、奶油、麵粉用做的）然後烘製而成。

▸ Baumkuchen

年輪蛋糕：這是一種多層蛋糕，被視為「蛋糕之王」。

▸ Bienenstich

蜂蜇蛋糕：酵母甜麵糰類德國布丁蛋糕，上面有焦糖的杏仁片。

▸ Butterkuchen/ Zuckerkuchen

德式糖糕：酵母甜麵糰類，上面放了糖、杏仁片。

▸ Rührkuchen

> 磅蛋糕／重奶油
> 蛋糕：重點是基本
> 材料麵粉、奶油、
> 糖、蛋要一起攪
> 拌。Rührkuchen的
> 種類有很多。

▸ Marmorkuchen

> 大理石花紋的蛋糕：
> 一種加了可可粉
> Rührkuchen的蛋糕。

▸ Nürnberger
  Lebkuchen,

> 紐倫堡胡椒蜂蜜餅

■ Wurst 香腸

在德國，香腸是特別受到歡迎的。
在德國，眾所周知的就有1500種。吃
的方式可以用烤的、水煮的、冷的等
等。也可以加在麵包上、跟薯條一起吃
或單獨的吃…等等。食用的方法十分多
樣，且風格各有不同。有機會的話，可
以多加嘗試。

Speisen in Deutschland
德國菜

▶ Rohwurst

生香腸：用生的肉
或熏肉加上調味料
後，風乾或煙燻而
成。可以直接吃，
不用再煮。也可以
當作Aufschnitt（什
錦冷盤；冷肉／香
腸片）。
可以配麵包，也可
以配湯，有的還可
以用塗的，比如：
Streichmettwurst,
Teewurst.
有的可以用切的，
比如：Salami, ervelat-
wurst, Mettwurst。

▶ Brühwurst

水煮香腸：最有名的
應該是Wiener（維也
納的）跟Frankfurter
（法蘭克福的）。
在台灣都被譯為熱
狗。可是其實並不
十分確切。在德國
Frankfurter是用豬肉
做的，而Wiener是用
豬肉跟牛肉一起做
的。

在維也納Wiener是
另外一種比較辣的
香腸，Frankfurter
是用豬肉跟牛肉一
起做的。
可以用來配馬鈴薯
沙拉、酸菜及麵包
等等。

▶ Kochwurst

大部分是使用煮過
的肉跟材料，比如
Blutwurst（血腸）
和Leberwurst（肝
腸）。

▶ Bratwurst

德國最有名的香腸
應該就是Bratwur-
st。在德國有差不
多50種的Bratwür-
ste。可以用Schwe-
inefleisch（豬
肉）或Rindfleisch
（牛肉）來製作
Bratwurst。有的地
方也用 Pferdefleisch
（馬肉），可是比
較少。

Speisen in Deutschland

德國菜

每個地區都有自
己的 Bratwurst。
比如：Coburger、
Fränkische（法
蘭克尼亞的）、
Hessische（黑森州
的）、Münchner
（慕尼黑的）、
Norddeutsche
（北德國的）、
Nürnberger（紐倫
堡的）、Thüringer
（圖林根州的）等
等。
Bratwurst一般來
說是烤的或煎的，
可以配麵包、小麵
包、薯條及酸菜等
等。德國人喜歡加
番茄醬或芥末。
另一種加咖哩粉
或咖哩醬的就叫
Currywurst（咖哩
香腸）。

▪ Warme Speisen 熱菜／主菜

講到德國菜，大部分的人應該會想到Eisbein（豬腳）、Kartoffeln（馬鈴薯）和Sauerkraut（酸菜）Wurst（香腸）。其實種類還有很多，因為每個區域各有其特色餐點。比如靠近北海跟波羅的海區域的菜，就會加入比較多的魚跟海鮮。

後來的德國菜也受到別的國家的影響。比如德國的西南部因為靠近法國，所以口味也比較偏法國菜。

此外，德國也有很多外國菜的餐廳。如：義大利、西班牙、墨西哥、印度、中國等等。

在德國，湯算是開胃菜，所以湯是飯前喝的。如果您在餐廳點湯的話，他們會先送湯。所以，如果您希望湯跟菜一起上的話，就要先跟服務生說。

 基本資訊

▸ Kartoffeln

馬鈴薯：在德國就像是米飯在台灣般地那麼重要。它的做法有很多：

德國菜

Salzkartoffeln（削皮之後要水煮）、Pellkartoffeln（先水煮然後才削皮）、Knödel（馬鈴書丸子）、Kartoffelpuffer（馬鈴薯煎餅）、Bratkartoffel（煎馬鈴薯）、Kroketten（可以說是用馬鈴薯做的可樂餅）、Kartoffelpüree/Kartoffelbrei（馬鈴薯泥）、Kartoffelsalat（馬鈴薯沙拉）、Pommes Frites（發音Pomm Frits, Pommes，薯條）。除了Kartoffeln之外，也有麵。最有名的麵類是南部的Spätzle。

不過，現在在德國也有很多用米飯做的菜色。

▸ Eintopf

大鍋菜／濃湯：很多材料一起煮，是湯類的食物。種類有很多，要看哪一種材料是主要的菜，比如：Kartoffeleintopf（馬鈴薯的）、Linseneintopf（兵豆的）、Bohneneintopf（菜豆的）、Erbseneintopf（豌豆的）、Möhreneintopf（紅蘿蔔的）等等。還可以加香腸、肉、洋蔥等等。

▸ Eisbein

德國豬腳：它還有很多其他的名字，比如Haxe、Schweinshaxe、Schweinshaxn等等。基本上在德國有兩種做法：在北德國平常是水煮的；在南德國平常是烤的，所以皮是脆脆的。可以配Sauerkraut

（酸菜）、
Grünkohl羽衣甘
藍、Kartoffelbrei
（馬鈴薯泥）、
Knödel（馬鈴薯丸
子）。

▶ Schnitzel

Schnitzel是薄的，
沒有骨頭的肉排
（豬、牛、雞肉）。
下面舉出了一些不
同種類的說法。

Wiener Schnitzel：
沾滿麵包屑的炸牛
排。

Schnitzel Wiener
Art：是跟上面一樣
的做法，可是用豬
肉或雞肉做的。

Jägerschnitzel：傳
統的煎牛排，加上
菇類奶油醬，現在
也有豬排的。

Zigeunerschnitzel：
煎牛排，醬是用青
椒、菇類、番茄做
成的。

德國菜

▶ Gegrilltes
  Hähnchen

> 烤雞：在餐廳也
> 有，或在快餐店也
> 買得到，皮是脆脆
> 的。

▶ Spargel

> 蘆筍：在德國全年
> 都買得到罐頭的蘆
> 筍。以前（差不多
> 40、50年前）罐
> 頭的蘆筍很多是從
> 台灣進口的。可是
> 在德國也種蘆筍。
> 在德國蘆筍豐收的
> 時間是4月中到6月
> 底。這段時間，德
> 國人（不管個人或
> 餐廳）常常會食用
> 特別製作的蘆筍料
> 理。

▶ Braten

> 烤肉或燒肉：這是
> 德國傳統的肉類食
> 物。基本上是一大
> 塊肉，需要在爐子
> 裡烤，然後加上用
> 肉汁製作的醬。

Speisen in Deutschland
德國菜

▪ Frühstück 早餐

Brot, das	麵包
Brötchen, das	小麵包，圓麵包
Ei, das	蛋
Baguette, das	棍子麵包
Butter, die	黃油，牛油，奶油
Marmelade, die	果醬
Konfitüre, die	果醬
Käse, der	起士
Aufschnitt, der	冷肉片
Spiegelei, das	煎蛋，荷包蛋
Rührei, das	炒蛋
Schinken, der	火腿

▪ Getränke 飲料

Apfelsaft, der	蘋果汁
Bier, das	啤酒

Cocktail, der	雞尾酒
Cola, die	可樂
Fanta, die	芬達
Fruchtsaft, der	果汁
Jasmintee, der	茉莉花茶
Kaffee, der	咖啡
Kakao, der	可可亞
Malzbier, das	黑麥汁
Milch, die	牛奶
Obstsaft, der	果汁
Orangensaft, der	柳橙汁
Rotwein, der	紅葡萄酒
Schnaps, der	烈酒
Schokolade, die	巧克力，可可亞
schwarze Tee, der	紅茶
Tee, der	茶
Wein, der	葡萄酒

德國菜

Weißwein, der	白葡萄酒
Champagner, der	香檳酒

▪ Suppen 湯

Spargelcremesuppe, die	奶油蘆筍湯
Pilzsuppe, die	蘑菇湯
Ochsenschwanz-suppe, die	牛尾湯
Zwiebelsuppe, die	洋蔥湯
Nudelsuppe, die	湯麵
Tomatensuppe, die	番茄湯
Gemüsesuppe, die	蔬菜湯
Leberknödelsuppe, die	肝泥丸子湯

■ **Vorspeisen** 開胃菜

Austern	牡蠣
Froschschenkel	青蛙腿，田雞腿
Spargelspitzen	蘆筍尖
Gänseleberpastete	鵝肝醬
Rollmops	醋漬鯡魚捲
Schnecken	蝸牛
Wurstplatte	各種香腸拼盤

■ **Fleisch** 肉類

Backhuhn, das	烤雞
Blutwurst, die	血腸
Bockwurst, die	水煮大香腸
Boulette, die	炸／煎肉丸
Bratwurst, die	烤香腸
Currywurst, die	咖哩香腸
Döner Kebab, das	沙威瑪

Speisen in Deutschland
德國菜

Eisbein, das	豬腳
Ente, die	鴨子
Fleischklößchen, das	肉丸
Frikadelle, die	炸／煎肉丸
Gans, die	鵝
Gegrilltes Hähnchen, das	烤雞
Gulasch, das	燉牛肉
Gyros, das	希臘旋轉烤肉
Hähnchen, das	雞肉
Hammelbraten, der	烤羊肉
Hühnerfrikasse, das	雞汁燉雞肉
Kalbskotelett, das	炸小牛肉片
Lammbraten, das	烤羊肉
Leberwurst, die	肝腸
Pute, die	火雞

Rehrücken, der	鹿腰肉
Rheinischer Sauerbraten, der	以文火燉煮牛肉
Rinderbraten, der	烤牛肉
Rinderfilet, das	牛肉切片
Rinderroulade, die	牛肉捲
Rinderschmorbraten, der	燉煮牛肉
Rindfleisch, das	牛肉
Schinken, der	火腿
Schweinebraten, der	烤豬肉
Schweinefilet, das	烤腰肉
Schweinefleisch, das	豬肉

Speisen in Deutschland
德國菜

▪ Fisch 魚類

Aal, der	鰻魚
Fischstäbchen, das	炸魚條
Flunder, die	比目魚
Forelle, die	鱒魚
Garnele, die	大蝦
Hecht, der	狗魚，梭魚
Heilbutt, der	大比目魚
Hering, der	鯡魚
Hummer, der	龍蝦
Kabeljau, der	鱈魚
Karpfen, der	鯉魚
Krabbe, die	蝦子
Lachs, der	鮭魚
Makrele, die	鯖魚
Matjes, der	酒汁鯡魚
Scholle, die	歐鰈
Seelachs, der	青鱈，黑鱈魚

Seebarsch, der	鱸魚
Thunfisch, der	鮪魚
Tintenfisch, der	魷魚

■ **Nudeln Kartoffeln, usw.**
麵、馬鈴薯…等

Kartoffel, die	馬鈴薯
Kartoffelbrei, der	馬鈴薯泥
Kartoffelknödel, der	馬鈴薯丸子
Knödel, der	丸子
Leberknödel, der	肝泥丸子
Nudeln, die	麵，麵條
Reis, der	米飯
Semmelknödel, der	用麵包做的丸子
Spätzle, die	德國南部特別的麵條

Speisen in Deutschland

德國菜

Pommes Frites（發音 Pomm Frits, Pommes）, die	薯條

■ Gemüse 蔬菜

Blumenkohl, der	白花椰菜
Bohne, die	豌豆
Brokkoli, der	青花椰菜
Champignon, der	蘑菇
Erbse, die	豌豆
Grünkohl, der	無頭甘藍
Gurke, die	黃瓜
Karotte, die	紅蘿蔔
Knoblauch, der	蒜頭
Kohl, der	甘藍
Kopfsalat, der	萵苣
Kürbis, der	南瓜

Linse, die	兵豆
Mais, der	玉米
Paprika, der	青椒
Pilze	菇類
Rosenkohl, der	球芽甘藍
Rotkohl, der	紅葉捲心菜
Rote Bete, die	紅菜頭
Salat, der	沙拉
Sauerkraut, der	德國酸菜
Sellerie, der	芹菜
Spargel, der	蘆筍
Spinat, der	菠菜（是捲心菜做成的）
Tomate, die*	番茄
Weißkohl, der	捲心菜
Zwiebel, die	洋蔥

Speisen in Deutschland
德國菜

▪ Obst, Früchte 水果

Ananas, die	鳳梨
Apfel, der	蘋果
Apfelsine, die	柳橙
Aprikose, die	杏子
Banane, die	香蕉
Birne, die	梨子
Brombeere, die	黑莓
Cashewnuss, die	腰果
Erdbeere, die	草莓
Erdnuss, die	花生
Grapefruit, die	葡萄柚
Guave, die	芭樂
Haselnuss, die	榛果
Heidelbeere, die	越橘
Himbeere, die	覆盆子，小紅莓
Honigmelone, die	香瓜，哈蜜瓜

Johannisbeere, die	紅醋栗
Kirsche, die	櫻桃
Kokosnuss, die	椰子
Mandarine, die	橘子
Mandel, die	杏仁
Mango, die	芒果
Nektarine, die	油桃
Orange, die	柳橙
Pampelmuse, die	柚子
Pfirsich, die	桃子
Pflaume, die	李子
Pistazie, die	開心果
Sauerkirsche, die	酸櫻桃
Stachelbeere, die	醋栗
Walnuss, die	核桃，胡桃
Wassermelone, die	西瓜

德國菜

Zitrone, die	檸檬
Zwetschge, die	李子

▪ Geloäck und kuchen 點心

Pudding, der	布丁
Götterspeise, die	果凍
Tiramisu, das	提拉米蘇
Crêpes	可麗餅
Kompott, der	糖煮水果
Speiseeis, das	冰淇淋
Gebäck, das	糕點

| Bundesrepublik Deutschland | 德意志聯邦共和國 |
| Deutschland | 德國 |

■ **Bundesländer** 聯邦州

德國有16個聯邦州。

Baden-Württemberg	巴登－符騰堡
Bayern	巴伐利亞
Berlin	柏林
Brandenburg	布蘭登堡
Bremen	不來梅
Hamburg	漢堡
Hessen	黑森
Mecklenburg-Vorpommern	梅克倫堡－前波莫瑞
Niedersachsen	下薩克森
Nordrhein-Westfalen	北萊茵－威斯特法倫

Rheinland-Pfalz	萊茵－普法爾茨
Saarland	薩爾
Sachsen	薩克森
Sachsen-Anhalt	薩克森－安哈特
Schleswig-Holstein	石勒蘇益格－荷爾斯泰因
Thüringen	圖林根

■ Städte mit Sehenswürdigkeiten
有名勝的城市

Berlin - Deutschlands Hauptstadt	柏林 - 德國的首都
- das Brandenburger Tor	- 布蘭登堡門
- Mauerreste	- 部分的柏林圍牆
- das Pergamon Museum	- 佩格蒙博物館
- Reichstagsge-bäude	- 德國國會大廈
- Museumsinsel	- 博物館島

Bonn - ehemalige Hauptstadt Deutschlands	波昂 - 德國之前的首都
Dresden - Alstadt mit Zwinger - Semperoper - Frauenkirche - Hofkirche - Augustusbrücke	德勒斯登 - 老城區和茲溫葛宮 - 杉普爾歌劇院 - 聖母瑪麗亞教堂 - 宮庭教堂 - 奧古斯都橋
Frankfurt am Main - Flughafen - der Römer - Historische Ortszeile - Paulskirche - Altstadt	法蘭克福 - 機場 - 舊市政府（叫Römer） - 歷史東西街 - 保羅教堂 - 老城區
Hamburg - Speicherstadt - Hafen mit Hafenrundfahrt - Altstadt mit Dom - Reeperbahn - Fischmarkt	漢堡 - 酒倉庫城 - 港口和港口遊船 - 老城區 - 雷佩爾路 - 魚市場

Hannover - CeBIT-Messe - Altstadt - Leineschloss - Altes Rathaus - Hannover Zoo	漢諾威 - CeBIT-展覽 - 老城區 - 萊納河城堡 - 老市政廳 - 漢諾威動物園
Heidelberg - Heidelberger Schloss - Alte Brücke (Karl-Theodor-Brücke) - Barocke Altstadt - Alte Universität - Haus zum Ritter (Hotel)	海德堡 - 海德堡城堡 - 舊橋 -巴洛克的老城區 -（舊）海德堡大學 - 騎士旅館
Köln - Kölner Dom - Hohenzollern-brücke - Dreikönigens-chrein - Römische Stadtmauer mit Römischer Turm - Römisch-Germanische Museum	科隆 - 科隆主教座堂/科隆大教堂 - 霍亨索倫橋 - 東防散博士神龕 - 羅馬城牆和羅馬塔 - 羅馬-日耳曼博物館

Leipzig	萊比錫
- Völkerschlacht-denkmal	- 人民戰爭紀念碑
- Altstadt mit Gewandhaus	- 老城區和布商大廈
- Thomaskirche	- 聖多馬教堂
- Auerbachs Keller	- 奧爾巴赫地窖
- Hauptbahnhof	- 中央車站
München	慕尼黑
- Englischer Garten	- 英國花園
- Oktoberfest	- 啤酒節
- Marienplatz	- 瑪麗亞市場
- Altes Rathaus und Neues Rathaus	- 舊市政廳和新市政廳
- Hofbräuhaus	- 候夫布勞之家啤酒屋
- Deutsches Museum	- 德意志博物館
Trier	特里爾

- **Natur-Sehenswürdigkeiten**
  著名的自然景觀

die Alpen	阿爾卑斯山
der Rhein	萊茵河
die Elbe	易北河
der Bodensee	博登湖（源自德文的名字：Bodensee）/康斯坦茨湖（源自英文的名字：Lake Constance）
die Nordsee	北海
die Ostsee	波羅的海
der Main	美因河
der Schwarzwald	黑森林
die Mosel	摩澤爾河
der Harz	哈茨山
der Spreewald	施普雷森林
die Lüneburger Heide	呂訥堡石楠草原

die Kreidefelsen auf Rügen	呂根島的白堊石
Mecklenburger Seenplatte	梅克倫堡湖區縣

■ Andere Sehenswürdigkeiten
其他的名勝

Schloss Neuschwanstein	新天鵝堡
Schloss Linderhof	林德霍夫宮
Romantische Straße	浪漫之路
Deutsche Märchenstraße	德國童話之路
die Loreley	羅蕾萊
Porta Nigra	尼格拉城門 / 黑城門
Aachener Dom	亞琛主教座堂

■ **Ländernamen** 國家名

Taiwan	臺灣
Taipeh (Taipei)	臺北
Taiwaner, der	臺灣人（男）
Taiwanerin, die	臺灣人（女）
taiwanisch	臺灣的
China	中國
Peking	北京
chinesisch	中國的
Chinesisch	中文
Deutschland	德國
Berlin	柏林
Deutsche, der	德國人（男）
Deutsche, die	德國人（女）
deutsch	德國的
Deutsch	德文
Österreich	奧地利
Wien	維也納

Orte/Sehenswürdigkeiten
地點/名勝

Österreicher, der	奧地利人（男）
Österreicherin, die	奧地利人（女）
Die Schweiz	瑞士
Schweizer, der	瑞士人（男）
Schweizerin, die	瑞士人（女）
Europa	歐洲
Belgien	比利時
Brüssel	布魯塞爾
Bulgarien	保加利亞
Sofia	索非亞
Dänemark	丹麥
Kopenhagen	哥本哈根
Estland	愛沙尼亞
Tallinn	塔林
Finnland	芬蘭
Helsinki	赫爾辛基
Frankreich	法國

Paris	巴黎
Griechenland	希臘
Athen	雅典
Irland	愛爾蘭
Dublin	都柏林
Italien	義大利
Rom	羅馬
Lettland	拉脫維亞
Riga	里加
Litauen	立陶宛
Vilnius	維爾紐斯
Luxemburg	盧森堡
Luxemburg	盧森堡
Malta	馬爾他
Valletta	瓦萊塔
Niederlande	荷蘭
Amsterdam	阿姆斯特丹
Polen	波蘭
Warschau	華沙

Portugal	葡萄牙
Lissabon	里斯本
Rumänien	羅馬尼亞
Bukarest	布加勒斯特
Schweden	瑞典
Stockholm	斯德哥爾摩
Slowakei	斯洛伐克
Bratislava	伯拉第斯拉瓦
Slowenien	斯洛文尼亞
Ljubljana	盧布爾雅那
Spanien	西班牙
Madrid	馬德里
Tschechien	捷克
Prag	布拉格
Ungarn	匈牙利
Budapest	布達佩斯
Vereinigtes Königreich/ Grossbritannien	英國

London	倫敦
Asien	亞洲
Afrika	非洲
Amerika	美洲
Australien	澳洲
Die Vereinigten Staaten von Amerika	美國
Japan	日本
Tokyo	東京

※以上各國國名之後爲其首都名。

德國很多城市都有很方便的大眾運輸系統，如公車、地鐵或火車。因此，不論是逛街或拜訪各處的風景名勝都很方便。

德國的大眾運輸工具要比臺灣貴，而省錢的方法就是買一日票。但一日票的花費也是很高，如果待在同樣地方較長時間，也可以買數日票或一週票。

此外，大部分德國城市都有舊城區，很適合散步，而且禁止汽車開入。很多名勝不是舊城區的一部分就是在舊城區附近，所以可以走路不用坐公車。

跟台灣不一樣，德國商店都比較早關門。以前大約晚上六點半就關門，現在比較晚，有的店晚上9點後才休息。

按照法律的規定週日商店都要休息，所以沒有像7-11這樣的超商。但有些加油站附設的小店（比7-11略小），經常提供24個小時的服務。

■ Sightseeing 觀光

Abend, der	晚上
Altstadt, die	舊城區
Altstadtviertel, das	舊城區

Freizeit
休閒

Ansichtskarte, die	風景明信片
Audioguide, der	語音導覽
Aufzug, der	電梯
Bild, das	畫，圖片
Berufsreise, die	出差
billig	便宜的
Buchhandlung, die	書店
Burg, die	城堡
Bushaltestelle, die	公車站
Cafeteria, die	自助餐廳
Dom, der	大教堂
Fahrrad, das	腳踏車
Fischmarkt, der	魚市場
Fleck, der	污點
Freibad, das	室外游泳池
Fremdenverkehrs-büro, das	旅客諮詢處

Führung, die	導遊
Garten, der	花園
Gebäude, das	建築物
Geschäftsreise, die	出差
Halbtagestour, die	半日遊
Hallenbad, das	室內游泳池
interessant	有趣的，好玩的
international	國際上的
Jacke, die	外套
Jahr, das	年度
Jahrhundert, das	世紀
Karte, die	地圖，明信片，門票
Kind, das	孩子
Kirche, die	教堂
kurz	短的
Liniennetzplan, der	路線圖

Luftpost, die	空運
Palast, der	王宮，皇宮
Person, die	人
Regenschirm, der	雨傘
Region, die	地區
Reisebüro, das	旅行社
Reisecheck, der	旅行支票
Reiseführer, der	導遊
Sache, die	東西，事物
Schirm, der	雨傘
Schlange, die	蛇（或指排隊很長以及塞車）
Schloss, das	城堡，王宮，皇宮
Schülerausweis, der	（國小到高中的）學生證
sicher	安全的
Sicht, die	能見度，視野，景色
Sohn, der	兒子

Sonne, die	太陽
Sonnencreme, die	防曬油
sonnig	晴天的
Spass, der	玩笑
Stadt, die	城市
Stadtplan, der	城市地圖
Stadtzentrum, das	市中心
Stehplatz, der	站位（沒有椅子的位置）
Stift, der	筆
Straße, die	路，街道
Straßenbahn, die	電車，有軌電車
Student, der	大學生（男性）
Studentenausweis, der	大學學生證
Studenten-ermäßigung, die	學生優惠

Studentin, die	大學生（女性）
Tagesausflug, der	一日遊
Tageskarte, die	一日票
Tagestour, die	一日遊
Touristeninformation, die	遊客中心
Tradition	傳統
traditionell	傳統的
traurig	難過
typisch	典型的
U-Bahn, die	地鐵
Vergnügen, das	樂趣，娛樂
Wetter, das	天氣
wolkig	多雲的
Zoo, der	動物園
Zufall, der	巧合
anschauen	參觀，觀看
freuen	開心，快樂

wohnen	居住

▪ Kamera, die 相機

Abzug, der	照片拷貝
Batterie, die	電池
Digitalkamera, die	數位相機
Foto, das	照片
Fotogeschäft, das	照相器材店
Kamera, die	相機
Kamerabatterie, die	相機電池
Originalbatterie, die	原廠電池
Speicherkarte, die	記憶卡

Freizeit
休閒

■ **Museum, das** 博物館

Besichtigung, die	參觀
Datei, die	檔案
Denkmal, das	紀念館，紀念碑
Museumsshop, der	博物館紀念品店
Original, das	原作，原稿
Sonderausstellung, die	特展
Souvenir, das	紀念品
Statue, die	雕像

■ **Einkaufen, das** 購物

andere	其他的，別的
bequem	舒服，舒適
Kaufhaus, das	百貨公司
Einkaufsstraße, die	商業街

Etage, die	樓層
Farbe, die	顏色
Frau, die	女生
Frauenbekleidung, die	女裝
Geschäft, das	商店，生意
geschäftlich	商業上的
Geschenk, das	禮物
Größe, die	尺寸
Handelsunterneh-men, das	貿易公司
Herrenbekleidung, die	男裝
Hut, der	帽子
Kleingeld, das	零錢
Knopf, der	釦子
Konditorei, die	蛋糕店
Markt, der	市場
Mode, die	時尚

Modell, das	型號，模特兒，車型
Mütze, die	帽子
Produkt, das	產品
Raucherzone, die	吸煙區
Rolltreppe, die	手扶梯
Schaufenster, das	陳列窗，商店櫥窗
schön	漂亮
Schuh, der	鞋子
Schuhgröße, die	鞋子尺寸
schwarz	黑色
Sonderangebot, das	特價品
Treffpunkt, der	會場
Umkleidekabine, die	更衣室
Ware, die	貨品，貨物
Wochenmarkt, der	每週一次的市集
anprobieren	試穿

■ Kino, das 電影院

　　一般來說，在德國看比較正式的表演都要穿得正式一點。

　　在德國看電影時，有一點要特別注意：通常電影都配音過。所以在一般的電影院（跟看電視一樣）電影都是講德文，也沒有任何字幕。不過，有一些比較特別的電影院，會提供使用原來語言的電影。

Abenteuerfilm, der	冒險片
Einlass, der	入場
Eintritt, der	進場
Film, der	電影
Komödie, die	喜劇院，喜劇片
Liebesfilm, der	愛情片
lustig	好笑
Untertitel, der	字幕

Freizeit
休閒

■ Theater, das 劇院

Ausgang, der	出口
Eingang, der	入口
Eintrittskarte, die	門票
klassisch	古典的
Konzert, das	演唱會，音樂會
kostenlos	免費的
Musical, das	音樂劇
Oper, die	歌劇
Stück, das	戲劇
Theaterstück, das	戲劇
Ticket, das	門票
Vorführung, die	戲劇，表演
Vorstellung, die	介紹，戲劇，表演
Werk, das	作品，創作

■ **Bank, die** 銀行

　　如果您在德國要提款，一定要去銀行。它不像台灣那麼方便，在便利店、超級市場都有提款機可用。

　　在德國的銀行，一般來說門口並沒有警衛，也沒有人問你需要什麼服務。如果你有任何問題，必須自己找到銀行行員或到他們的櫃檯詢問。

Bargeld, das	現金
Gebühr, die	手續費
Geldautomat, der	提款機
Geldschein, der	紙幣
Konto, das	戶頭
Kunde, der	客人，客戶
Taiwandollar, der	臺幣
Wechselgeld, das	零錢
Wechselkurs, der	匯率
überweisen	匯款

■ Post, die 郵局

在德國傳統的郵局跟台灣一樣——都是專屬的單位。可是現在則跟美國一樣，郵局可能位在別的商店裡面。比如在超級市場或是在文具店內。所以有的時候會比較難找到。

Brief, der	信
Briefkasten, der	信箱
Briefmarke, die	郵票
Briefumschlag, der	信封
Paket, das	包裹
Porto, das	郵資
Post, die	郵局
Postkarte, die	明信片
Umschlag, der	信封

　　在德國最熱的時間，一般來說是7月跟8月，這時天氣也比較穩定。8月底到9月開始變得比較冷。這個時期的天氣通常還是不錯，可是每天的溫差變化很大。白天可能還是20-25度，可是清晨跟晚上可能只有10度左右。10月底到11月比較不舒服，因為很冷（10度以下）而且很潮濕、常常下雨。很像台北的冬天，但有時候更冷。幸好房子裡都有暖氣，所以室內滿舒服的。一般來說12月到1月最冷，常常下雪。其實在南部雪比較多，北部倒是不一定。像德國北部常常很冷，可是不下雪反而下雨。2月跟11月差不多。3月天氣慢慢開始變得溫暖，可是到4月會非常不穩定。有時候3月初可能還會下雪。而且德國人有一個跟4月的天氣有關的說法：「Der April macht, was er will」——「4月要做什麼就做什麼。」意思就是完全不知道每天的天氣如何。5月和6月還算不錯，天氣已經變得比較溫暖，而且因為很多花跟果樹開花，所以風景很漂亮。不過，有時候會忽然變冷、下雨。建議去德國時，不管什麼時候都要帶一件外套。像作者最近幾次8、9月回德國時，每次都感冒了。

Es ist kalt/warm/heiß.	冷 / 溫暖 / 熱
Es ist zu kalt/zu warm/zu heiß.	太冷 / 太溫暖 / 太熱
Das Wetter ist (sehr) schön/gut.	天氣很棒 / 好
Das Wetter ist schlecht.	天氣不好
Es könnte regnen.	有可能下雨
Es regnet.	下雨
Es regnet immer noch.	總是下雨
Die Sonne scheint.	太陽出來了
Es ist sonnig.	有陽光的
Es schneit.	下雪
Es ist bewölkt.	多雲的
Es ist wolkig.	多雲的

■ Taiwanischen Vertretung in Deutschland 台灣駐德國代表處

Botschaft, die	大使館
Notfall, der	緊急情況
Notruf, der	緊急電話號
Reisepass, der	護照
Telefon, das	電話
Telefonnummer, die	電話號碼
Termin, der	定期，日期
Vertretung, die	代表，代辦處

■ Krankheit, die 疾病

Allergie, die	過敏
Apotheke, die	藥局
Arm, der	手臂
Arzt, der	男醫生
Ärztin, die	女醫生

Bein, das	腿
besser	比較好的
Durchfall, der	拉肚子
Erdnuß, die	花生
Finger, der	手指
krank	生病的
Krankenhaus, das	醫院
Krankenversicher-ung, die	健保
Krankenwagen, der	救護車
Kratzer, der	刮傷，皮外傷
Magenschmerzen, die	胃痛
Medikament, das	藥品
Medizin, die	藥品
Periode, die	月經，期間
Puls, der	脈搏

Ruhe, die	安靜，安定
Schmerz, die	痛
schwanger	懷孕的
Sprechstunde, die	門診時間

▪ Unfall, der 意外

Abend, der	晚上
Ausweis, der	證件
Autounfall, der	車禍
bestohlen	被偷的
ernsthaft	嚴重的
Feuer, das	火
Feuerwehr, die	消防隊
Fundbüro, das	失物招領處
ohnmächtig	不醒人事，昏迷的
Pflaster, das	創可貼，藥膏，膠布

緊急情況

Polizei, die	警察（總稱）
Polizist, der	警察（男性）
Polizistin, die	警察（女性）
Rechnung, die	帳單
Überfall, der	襲擊
Verkehrsunfall, der	車禍
Verletzte, der	受傷的人（男性）
Verletzte, die	受傷的人（女性）
Tasche, die	包包
verschwunden	不見的
weigern	拒絕

■ Am Flughafen 機場

▶ Mein Name ist Jack Chen.
我叫Jack Chen。

▶ Entschuldigung, wo ist der Lufthansa-Schalter?
請問德航的櫃檯在哪裡？

▶ Ich habe zwei Gepäckstücke.
我有兩件行李。

▶ Haben Sie chinesische Zeitungen/Magazine?
您有沒有中文報紙／雜誌？

▶ Kann ich im Flugzeug bleiben?
我可以留在飛機上嗎？

■ Am Bahnhof 火車站

▶ Entschuldigung, können Sie mir sagen, wie ich zum Bahnhof komme?
請問，您可以告訴我如何去火車站嗎？

▶ Ich möchte eine Hin- und Rück-
fahrkarte kaufen.

我想買一張來回票。

▶ Wieviel kostet eine Fahrkarte nach
Frankfurt?

一張到法蘭克福的車票要多少錢？

▶ Wo muss ich umsteigen?

我要在哪裡換車？

▶ Fährt der Zug pünktlich ab?

火車會準時出發嗎？

■ **Bushaltestelle** 公車站

▶ Welcher Bus fährt zum Deutschen
Museum?

哪班公車會到德國博物館？

▶ Wann fährt der nächste Bus nach
Göttingen?

下一班到哥廷根的公車／巴士什麼
時候出發？

▸ Ich möchte hier aussteigen.
我想在這裡下車。

▸ Ich muss Bußgeld bezahlen?
我需要付罰金嗎？

▸ Wie hoch ist das Bußgeld?
罰金多少錢？

▸ Ich habe den falschen Bus genommen.
我搭錯公車了。

▸ Wie komme ich zurück?
我要怎麼回去？

■ Taxi 計程車

▸ Entschuldigung, gibt es hier einen Taxistand?
請問這裡有計程車招呼站嗎？

▸ Ich brauche ein Taxi zum Hotel.
我要搭計程車到飯店。

▷ Können Sie mir ein Taxi für morgen
früh bestellen?
您可以幫我預訂明天早上的計程車
嗎？

▷ Wieviel kostet ein Taxi zum Bahnhof?
計程車到火車站要多少錢？

▷ An der Ampel dort nach links/rechts.
在那邊的紅綠燈往左／右轉。

■ **Auto mieten** 租車

▷ Ich möchte ein Auto für zwei Tage
mieten.
我想租車兩天。

▷ Ich habe ein Auto reserviert.
我預訂了一輛汽車。

▷ Hier ist mein Führerschein.
這是我的駕照。

▷ Wieviel kostet die Miete für einen Tag?
一天租金多少？

▸Gibt es hier eine Tankstelle?
這裡有加油站嗎？

■ **Im Hotel** 飯店

▸Ich möchte ein Zimmer für zwei
Nächte.
我想要一間房間，住兩晚。

▸Ich möchte ein Zimmer mit Bad
我想一間有衛浴設備的房間。

▸Ich habe eine Reservierung.
我已經預訂房間了。

▸Ist Frühstück eingeschlossen?
有包含早餐嗎？

▸Ich möchte zwei Tage bleiben
我想待兩天。

▸Kann ich mit Kreditkarte bezahlen?
我可以刷卡嗎？

▸Ich möchte bar bezahlen
我要付現金。

■ In der Jugendherberge 青年旅館

▶ Haben Sie noch ein Zimmer frei?
您還有房間嗎？

▶ Können Sie mir einen Föhn ausleihen?
可以借我一支吹風機嗎？

▶ Wo darf ich hier rauchen?
在哪裡可以抽煙？

▶ Können Sie meine Wertsachen aufbewahren?
可以麻煩您幫我保管貴重物品嗎？

■ Zelten 露營

▶ Entschuldigung, gibt es hier einen Campingplatz?
請問，這裡有露營區嗎？

▶ Wie komme ich zum Campingplatz?
我要怎麼到露營區？

▶ Wie weit ist der See?
湖離這裡有多遠？

▶ Kann man hier einige Dinge kaufen?
這裡有在賣東西嗎？

▶ Kann man sich hier einen Grill ausleihen?
這裡可以租借烤肉架嗎？

飲食

▪ Im Restaurant 餐廳

▶ Können Sie mir ein gutes Restaurant
empfehlen?
您可以推薦我一間好餐廳嗎？

▶ Kennen Sie ein gutes Restaurant?
您知道哪裡有好的餐廳嗎？

▶ Wir möchten gern die Spezialitäten
dieser Region probieren.
我們想試吃這個地方的招牌菜。

▶ Ich suche ein Restaurant, das nicht so teuer ist.
我在找一間平價的餐廳。

▶ Ich möchte noch ein Bier trinken.
我還想喝一杯啤酒。

▶ Wie lange haben Sie geöffnet?
您營業到什麼時候？

▶ Haben Sie eine englische Speisekarte?
您有提供英文的菜單嗎？

▶ Ich möchte die Nummer 64, aber mit Reis, anstelle von Kartoffeln.
我要64號餐，要加飯但不要馬鈴薯。

▶ Hat es Ihnen geschmeckt?
您喜歡您的餐點嗎？

▶ Vielen Dank, es hat sehr gut geschmeckt.
謝謝，很好吃。

■ Selber einkaufen/im Supermarkt
自己買 / 超級市場

▷ Ich muss Brot kaufen.
我要買麵包。

▷ Können Sie mir helfen?
您可以幫我嗎？

▷ Können Sie mir drei Bratwürstchen geben?
可以給我三根香腸嗎？

▷ Haben Sie Wein/Bier aus dieser Region?
您有這個地方出產的葡萄酒 / 啤酒嗎？

▷ Wieviel macht das zusammen?
全部多少錢？

■ 休閒

▷ Gibt es hier eine Touristeninformation?
這裡有旅客服務中心嗎？

▸ Entschuldigung, haben Sie einen (kostenlosen) Stadtplan?
請問您有（免費的）地圖嗎？

▸ Können Sie mir eine Tagestour emp-fehlen?
您可以推薦我一個當天往返的旅遊行程嗎？

▸ Können Sie mir etwas mehr über die "Regierungstour" sagen?
您可以告訴我多一點關於這個「政府參訪行程」嗎？

▸ Kann man an einer Hafenrundfahrt teilnehmen?
我可以參加港灣行程嗎？

▸ Wie lange dauern die Touren?
這些旅遊行程需要多久的時間？

■ **Wetter** 天氣

▸ Es ist kalt/warm/ heiss.
冷／溫暖／熱

- Es ist zu kalt/zu warm/zu heiss.
  太冷／太溫暖／太熱

- Das Wetter ist (sehr) schön/gut.
  天氣（很）好

- Das Wetter ist schlecht.
  天氣不好。

- Es könnte regnen.
  有可能會下雨。

- Es regnet.
  下雨

■ 緊急情況

- Wie ist die Telefonnummer der tai-
  wanischen Vertretung?
  台灣代表處的電話號碼是多少？

- Ist dort die taiwanische Vertretung?
  那裡是台灣代表處嗎？

- Sprechen Sie Chinesisch?
  您會說中文嗎？

▸ Mir geht es nicht gut.

我覺得不舒服。

▸ Ich bin krank.

我生病了。

▸ Gibt es hier einen Arzt?

這裡有醫生嗎？

▸ Wer ruft an?

是誰打來的？

▸ Mein Name ist Jack Chen.

我叫Jack Chen。

▸ Was ist passiert?

發生了什麼事情？

▸ Hier ist ein Autounfall passiert.

這裡發生了一個車禍。

▸ Wo ist etwas passiert?

在哪裡發生的？

▸ Wir sind in der XXX-Straße.

我們在xxx路。

▸ Wieviele Verletzte sind dort?

有幾位傷患？

▶ Es gibt drei Verletzte.
有三位傷患。

▶ Warten auf Rückfragen.
請等待稍後的詢問。

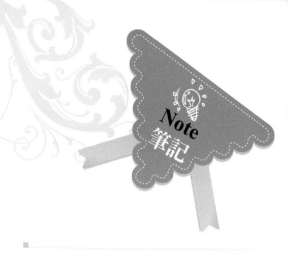

Note
筆記

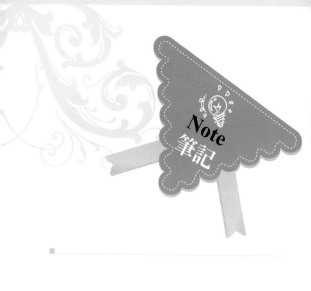

國家圖書館出版品預行編目資料

旅遊德語單字／黃逸龍編
著.--初版--.--臺北市:
書泉,2013.06
面; 公分
ISBN 978-986-121-833-5
（平裝）
1.德語 2.詞彙
805.22   102006906

3AC6

旅遊德語單字

編　　著	黃逸龍
發 行 人	楊榮川
總 編 輯	王翠華
主　　編	朱曉蘋
封面設計	吳佳臻
出 版 者	書泉出版社

地　　址：106台北市大安區和平東路
　　　　　二段339號4樓
電　　話：(02)2705-5066
傳　　真：(02)2706-6100
網　　址：http://www.wunan.com.tw
電子郵件：shuchuan@shuchuan.
　　　　　com.tw
劃撥帳號：01303853
戶　　名：書泉出版社
總 經 銷：朝日文化
進退貨地址：新北市中和區橋安街15巷
　　　　　　1號7樓
TEL：(02)2249-7714　FAX：(02)2249-8715
法律顧問　林勝安律師事務所
　　　　　林勝安律師
出版日期　2013 年 6 月初版一刷
　　　　　2013 年 11 月初版二刷
定　　價　新臺幣180元